Tucholsky   Wagner   Zola   Scott   Fonatne   Sydow   Freud   Schlegel

Turgenev   Wallace

Twain   Walther von der Vogelweide   Fouqué   Friedrich II. von Preußen

Weber   Freiligrath   Frey

Fechner   Fichte   Weiße Rose   von Fallersleben   Kant   Ernst   Richthofen   Frommel

Hölderlin

Fehrs   Engels   Fielding   Eichendorff   Tacitus   Dumas

Faber   Flaubert

Eliasberg   Ebner Eschenbach

Feuerbach   Maximilian I. von Habsburg   Fock   Eliot   Zweig

Ewald   Vergil

Goethe   Elisabeth von Österreich   London

Mendelssohn   Balzac   Shakespeare

Lichtenberg   Rathenau   Dostojewski   Ganghofer

Trackl   Stevenson   Doyle   Gjellerup

Mommsen   Tolstoi   Hambruch

Thoma   Lenz   Hanrieder   Droste-Hülshoff

Dach   Verne   von Arnim   Hägele   Hauff   Humboldt

Reuter   Rousseau   Hagen

Karrillon   Garschin   Hauptmann   Gautier

Damaschke   Defoe   Hebbel   Baudelaire

Descartes   Hegel   Kussmaul   Herder

Wolfram von Eschenbach   Dickens   Schopenhauer

Bronner   Darwin   Melville   Grimm   Jerome   Rilke   George

Campe   Horváth   Aristoteles   Bebel   Proust

Bismarck   Vigny   Barlach   Voltaire   Federer   Herodot

Gengenbach   Heine

Storm   Casanova   Tersteegen   Gilm   Grillparzer   Georgy

Chamberlain   Lessing   Langbein   Gryphius

Brentano   Lafontaine

Strachwitz   Claudius   Schiller   Kralik   Iffland   Sokrates

Katharina II. von Rußland   Bellamy   Schilling

Gerstäcker   Raabe   Gibbon   Tschechow

Löns   Hesse   Hoffmann   Gogol   Wilde   Gleim   Vulpius

Luther   Heym   Hofmannsthal   Klee   Hölty   Morgenstern

Roth   Heyse   Klopstock   Kleist   Goedicke

Luxemburg   Puschkin   Homer

Machiavelli   La Roche   Horaz   Mörike   Musil

Kierkegaard   Kraft   Kraus

Navarra   Aurel   Musset   Lamprecht   Kind   Kirchhoff   Hugo   Moltke

Nestroy   Marie de France

Nietzsche   Nansen   Laotse   Ipsen   Liebknecht

Marx   Lassalle   Gorki   Klett   Ringelnatz

von Ossietzky   May   Leibniz

vom Stein   Lawrence   Irving

Petalozzi   Platon   Knigge

Sachs   Poe   Pückler   Michelangelo   Kock   Kafka

Liebermann   Korolenko

de Sade   Praetorius   Mistral   Zetkin

Erotische Erzählungen

Für Fiete Wilhelm

Klabund

Impressum

Autor: Klabund
Umschlagkonzept: toepferschumann, Berlin

Verlag: tradition GmbH, Hamburg
ISBN: 978-3-8424-1202-6
Printed in Germany

Abenteuer

Konrad war so betrunken, daß er jeder weiblichen Gestalt, die sich in den nächtlichen Straßen zeigte, nachschoß, sie überholte, unter einer Laterne stehenblieb, um sie zu betrachten, und entsetzt zurückfuhr. Nun verfolgte er einen Backfisch, der von einer Gesellschaft kam und vom Dienstmädchen nach Hause begleitet wurde. Sie erwiderte seine Blicke kühl und neugierig. Aber plötzlich fehlte ihm der Mut, sie anzusprechen. Er konnte sich nicht aufraffen und bog mechanisch in eine Nebenstraße ein.

Er war ein paar Schritte gegangen, als er hinter einem Parterrefenster einen roten Vorhang leuchten sah. Also mußte Licht dahinter sein.

Das ist etwas, dachte er, er wußte selbst nicht, warum, und klopfte mit dem Spazierstock leise an das Fenster. Einmal, zweimal.

Mein Gott, dachte Esther, sollte es ein Freund von Kurt sein? Sie warf sich ein Tuch um die nackten Schultern und spähte durch die Vorhangspalte. Sie sah nur einen undeutlichen Schatten. Sie öffnete das Fenster ein wenig.

«Wer ist da?»

«Ich will herein», sagte Konrad, «mach auf!»

Sie stieß das Fenster zurück und beugte sich leise hinaus. Da blickte sie in sein heißes, erregtes Gesicht, seine gierig gespannten Augen und hörte seine Stimme vibrieren. Er ließ den Stock fallen und hob beide Arme wie ein Adorant: «Du ...»

Es betörte sie: die dämmerig-lüsterne Straße, der wilde Liebhaber und die ganze prickelnde Situation: jeden Augenblick konnte Kurt hereintreten und sie ertappen.

Er saß zwar drüben im Arbeitszimmer und schrieb an einer Abhandlung, er konnte noch stundenlang schreiben – er saß oft bis zum Morgengrauen über seinen Manuskripten –, aber er konnte ebensogut jeden Augenblick die Tür öffnen.

Sie schlich zur Tür und horchte in den Korridor.

Dann verriegelte sie vorsichtig, tappte über den Teppich zum Fenster und sagte: «Du mußt durchs Fenster steigen.»

Mit einem Schwung war Konrad im Zimmer.

Und als er die schöne Frau erblickte, die im Nachtkittel, mit einer spitzen Haarfrisur, schwarzen, schmalen Augen und einer blaßgelben, weichen Stirn vor ihm stand wie ein Bild aus einem japanischen Holzschnitt – da wurde er nüchtern von seiner Trunkenheit und rasend vor Liebe.

Ächzend preßte er seinen Kopf an ihre Brust.

«Still, Liebster», sie küßte sein Haar, machte sich zärtlich von ihm los und trippelte lauschend zur Tür. Dann griff sie rechts an die Wand und knipste das elektrische Licht aus.

Konrad ging denselben Weg durchs Fenster, den er gekommen war, eine blaue Seidenschleife vom Halsbesatz ihres Nachtkittels in der Faust.

«Was ist denn das?» sagte Kurt, während er sich das Oberhemd auszog, «da fehlt ja an deinem Halskragen die blaue Schleife?»

«Ja», sagte Esther gleichgültig und tastete an den Hals, daß ihre Fingerspitzen mit den Brüsten spielten, «die Wäscherin ist zu nachlässig. Da hat sie wieder die Schleife vergessen ...»

Das Lächeln der Margarete Andoux

Für Fiete Wilhelm

Sie war die Urenkelin französischer Emigranten. Margarete Andoux' Lächeln hing wie ein ewiger Frühlingshimmel über der kleinen Stadt. Was wäre die kleine Stadt ohne Margarete Andoux' Lächeln? Wer wüßte von ihr? Von ihrem polnisch zischenden Namen, ihren schmutzigen, gleichgültigen Straßen? Wie könnte ich eine Geschichte von ihr erzählen, wenn Margarete Andoux nicht wäre? Ihr Lächeln flatterte in die dunstigen Kontore, die schlecht belichteten Läden, die engen und trüben möblierten Zimmer. Durch die Fenster der Schulhäuser, wenn sie auch zur Hälfte geweißt waren, damit kein Unaufmerksamer seine Blicke auf die Gasse spazieren schicke, glitt dieses Lächeln wie Morgensonne in die kahlen Räume. Der Lehrer rückte unruhig und verlegen an seiner Doublébrille und zwinkerte mit den Augen, als ob ihm ein Insekt hineingeflogen wäre. Die halbwüchsigen Schüler aber, diese Bengel, die eben erst anfingen, sehen, hören und fühlen zu lernen, saßen steif und verdutzt da und trieben in ihren dummen Seelen andächtigen Unfug mit Margarete Andoux' Lächeln.

Schon der Name, wenn man ihn wie eine Delikatesse in den Mund nahm: Margarete Andoux. Die Zunge streichelte ihn und wollte ihn nicht loslassen und hielt ihn zurück, bis er sich endlich löste und in einem Durmoll – «doux» – hinstarb, das in ein flehendes «du» hinüberglitt.

Alle liebten sie Margarete Andoux. Der zwergige, aber großspurige Tuchfabrikant Kellermann, der das Geschäft von seinen Vätern geerbt hatte, nie aus der Kleinstadt herausgekommen war, aber in der Stadtverordnetenversammlung ein gewaltiges Maul führte, er schrumpfte samt seinem Maul in ein wahrhaftes Nichts zusammen, wenn er Margarete Andoux begegnete, und trug seinen Hut wie vor der Muttergottes mindestens zehn Minuten in den Händen, ehe er ihn wieder aufsetzte. Er liebte Margarete Andoux. Der geistvolle Oberlehrer Klingebiel, der den Doktor, viele Reisen und in einer achtjährigen Ehe sieben Kinder gemacht hatte: er liebte Margarete Andoux. Der Bäckerjunge, der die Semmeln zu Margarete Andoux'

Tante brachte, bei der sie wohnte: er liebte sie. Der Tapezierer, der die Gardinen feststecken kam, der Ofensetzer, der Bürgermeister, der kleine, schüchterne Sekundaner Bregler, der täglich zum lieben Gott betete, er möge ihn so schön wie Schiller dichten lassen, der versoffene Stadtlump und verkommene Uhrmacher, genannt «der schöne Oskar», der Student der Theologie Herr Böserle, der Apothekerlehrling – alle, alle liebten sie Margarete Andoux.

Die Frauen aber haßten Margarete Andoux und ihr Lächeln, das ihnen die Augen und Herzen ihrer Männer abspenstig machte. Am meisten aber war Margarete Andoux gehaßt von Isabelle Kersten. Das war das zweitschönste Mädchen der Stadt und ihre beste Freundin. Damals hockte in der kleinen Stadt ein verbummelter Student der Jura, der wohl zwölf Semester auf seinem krummgebogenen Rücken schleppte. Nachdem sein Vater erst kürzlich fünftausend Mark Schulden schweren und schmerzenden Herzens für ihn bezahlt hatte – gab er ihm nun zum letzten Male Geld, daß er sich in der Ruhe der Ländlichkeit auf sein Examen vorbereite.

Adalbert Klinger trug kreuz und quer lange und kurze Schmisse von seiner Burschenschaftszeit her auf der linken Wange und auf der Stirn, die unnatürlich tiefrot, wie mit roter Tinte gezeichnete Striche, auf der blaßgelben Haut lagen. Der Alkohol trieb sie auf. Adalbert Klinger soff. Aber seine ruhigen, braunen, halbzugekniffenen Augen und der sinnliche, etwas schiefe Mund übten eine verwirrende Wirkung auf die Frauen. Alle Frauen der kleinen Stadt liebten ihn, den die Männer wegen seiner schlaffen Unfähigkeit zur Arbeit verachteten. Des Hasses hielten sie ihn nicht einmal wert. Am meisten aber liebte ihn Isabelle Kersten.

Dieser Adalbert Klinger allein von allen Männern grüßte Margarete Andoux nicht. Er sah nicht einmal hin, wenn er ihr auf der Straße begegnete, den Mantelkragen aufgeklappt, den Oberkörper nach vorn gebeugt, die Zigarette im Mundwinkel.

Margarete Andoux wunderte sich. Sie nahm sonst Huldigungen lächelnd, selbstverständlich entgegen. Warum grüßte sie dieser... dieser Mensch nicht? Kannte er sie nicht? Er kannte doch alle Frauen der Stadt und grüßte sie. Und die Mädchen waren insgesamt in ihn verliebt – wie konnte er sich erfrechen, sie zu übersehen?

Sie sprach mit Isabelle Kersten, die im geheimen Triumph und Schadenfreude empfand.

«Er kennt dich wahrscheinlich nicht», sagte Isabelle Kersten. «Ist er dir schon vorgestellt? Nein? Na also.»

Zum Promenadenkonzert, das die Stadtkapelle sonntags auf dem Marktplatze veranstaltete, spazierten Margarete Andoux und Isabelle Kersten weißviolett Arm in Arm.

Adalbert Klinger trottete des Weges.

«Paß auf», sagte Isabelle Kersten. «Er kennt mich, er –»

Isabelle Kersten erbleichte. Adalbert Klinger war vorbei und hatte nicht gegrüßt. Sie warf die Schuld auf ihre Freundin.

«Er leidet dich nicht», meinte sie spöttisch.

Margarete Andoux zuckte die Achseln und schwieg nachdenklich. Was hatte er gegen sie? Und wie sie sich mühte und kämpfte, ihre Gedanken kamen nicht von ihm los. Sie litt, aber sie wußte sich nicht zu helfen. Sie fühlte einen Zwang in sich, Adalbert Klinger innen und außen zu betrachten. «Ich werde ihn zu Ende denken», dachte sie.

Und sie lag die Nacht wach und grübelte.

Schatten flogen über sie hin, und in den Dingen war ein dunkles Summen und Singen. Wo habe ich diese eintönige Melodie schon gehört? Es ist nur ein Ton und doch eine Melodie. Und niemand kennt den Ton. Alle haben ihn in sich, und keiner kann ihn sagen oder singen.

Margarete Andoux wurde unruhig. Diesem Manne gegenüber, der sie nicht kannte und dem ihr Lächeln gleichgültig war, verlor sie ihre Sicherheit. Sie empfand schreckhaft, wie sie sich mit ihm beschäftigte und in ihn hineinsank.

Sie suchte nun, ihn auf der Straße zu treffen, lief im Regen an seiner Parterrewohnung ohne Schirm vorbei, daß er hinauskommen möge und ihr seine Begleitung anbiete. Sie erfuhr, wann er zum Dämmerschoppen ging, und lauerte ihm förmlich auf. Wenn er sich näherte, lächelte sie. Das Lächeln bat um Mitleid. Ohne sie anzusehen oder den Kopf zu wenden, schlenkerte er an ihr vorbei. Sie fieberte: was wollte er von ihr? Was schlug er sie, was trat er sie mit Füßen? – Und sie erniedrigte sich so weit, sich nach ihm umzublicken und auf der Gasse stehenzubleiben, bis seine grau schwankende Silhouette in einem Hause verschwand.

Eines Tages saß sie auf dem Balkon. Er bog unten um die Ecke. Sie ließ schnell einen Handschuh vor ihm auf das Pflaster fallen. Er hob ihn nicht auf. Sie biß in ihr Taschentuch vor wütender Enttäuschung und krampfte sich in Tränen. Was nutzte ihr schönes, reizendes Lächeln, wenn es alle Männer verführte, nur diesen einen nicht, den es so schmerzlich ersehnte. Um Gottes willen, ich liebe ihn doch nicht, unterbrach sie ihre Gedanken. Nein, nein, sie lachte, ich ärgere mich nur rasend, daß er mich nicht sehen will. Denn das eine weiß ich jetzt ganz genau: er will mich nicht sehen.

Und sie sann, wie sie ihn zwingen möchte, daß er sie ansähe. O wie sie ihn haßte!

Vor der Stadt, auf dem Oderdamme, begegneten sich Adalbert Klinger und Margarete Andoux. Es war Winter und Glatteis. Margarete Andoux stolperte und fiel. Adalbert Klinger schob seinen Kopf tiefer in den Mantel, pfiff leise durch die Zähne und stierte nach dem Strom, der Grundeis führte. Margarete Andoux mußte sich selbst auf die Beine helfen.

Wie ich mich behandeln lasse, wie ich mich behandeln lassen muß, knirschte sie und weinte.

Eines Abends nach neun schellte es an der Wohnung des Studenten. Adalbert Klinger warf die «Contes drolatiques», die er eben gelesen, aufs Bett, nahm einen hastigen Schluck aus seinem Humpen und öffnete.

«Bitte, treten Sie nur näher, Fräulein», sagte er höflich, «Sie wünschen?»

Margarete Andoux stand vor ihm. Ihre Lippen zitterten, und ihre Hände griffen nach einem Halt in der dröhnenden Leere. «Darf ich Ihnen beim Ablegen behilflich sein?» Er zog ihr das Jackett aus. Dann führte er sie zum Sofa und holte aus dem Glasschrank eine Flasche Sekt und zwei Gläser.

Margarete Andoux lächelte.

Drei Tage später betrank sich der Student der Jura im zwölften Semester Adalbert Klinger an seinem Stammtisch bis zur Besinnungslosigkeit. Er hatte seine Wette glänzend gewonnen. Die Flasche Sekt an jenem Abend hatte er schon auf sein Gewinnkonto vorweggenommen.

Auf dem Heimweg schlug er mit dem Schädel aufs Pflaster und blieb liegen. Er starb am nächsten Tage an Gehirnerschütterung.

Margarete Andoux ging in die Leichenhalle, wo er in einem weißen, reinlichen Hemd aufgebahrt lag. Seine Schmisse glänzten blaßviolett auf der wächsernen Haut.

Am oberen Hals, fast unsichtbar, zeichnete sich eine kleine, anscheinend frische, zackige Narbe ab, als hätte eine Ratte oder Katze sie hineingebissen.

Und Margarete Andoux lächelte.

Der Jockey

Das Rennen nahm ein sehr interessantes und völlig unerwartetes Ende. Nachdem Imperator bis hundert Meter vorm Ziel geführt hatte und der Sieg ihm sicher schien, setzte sich plötzlich Atalanta, die an vierter Stelle lief, von einer wütenden Kraft getrieben, vor und kam in leichtem, scheinbar mühelosem Galopp mit einer Pferdelänge vor Imperator durchs Ziel.

Es war eine ungeheure Aufregung, die Menge drängte an, die Reitknechte sprangen herbei – aber ehe man den Jockey Harsley, der Atalanta geritten hatte, vom Pferde heben konnte, scheute Atalanta, bäumte sich empor und warf den Jockey, der zu geschwächt war, um sich halten zu können, auf den Rasen. Er fiel so unglücklich, daß ein Holzpflock ihm in die Brust drang und er das Bewußtsein verlor. Man schrie nach dem Arzt, nach der Sanitätskolonne, die sofort zur Stelle war und ihn in die Klinik schleppte. Wochenlang rang der Jockey unter entsetzlichen Schmerzen mit dem Tode. Die Lunge wies schwere Verletzungen auf. Er spie Blut. Nacht für Nacht wachte ein Wärter an seinem Bett. Eine Schwester wurde mit ihm nicht fertig, da ihn im Fieber Wutanfälle wie wilde Hunde packten und aus den Kissen zerrten.

Und durch alle seine Fieberträume klang ein Wort, zuerst zaghaft, leise, liebkosend, dann flehender, fordernder: «Tilly». Und schließlich fand man auch am Tage nur dies eine Wort auf seinen Lippen: «Tilly». Man versuchte vorsichtig, ihn nach dem Sinn dieses Wortes auszuforschen, aber er erlangte ja nie volles Bewußtsein. «Vielleicht seine Braut», sagte der Professor. Aber niemand wußte von einer Braut. «Eine Geliebte», sagte der junge Assistenzarzt und machte ein pfiffig selbstverständliches Gesicht. Man hatte ihn nie wie die andern Jockeys mit Mädchen der Halbwelt oder Damen der Gesellschaft zusammen gesehen. Endlich riet man auf eine heimliche Geliebte. Aber hätte sie sich nicht längst nach ihm erkundigt? Hatte nicht der Unglücksfall, sentimental drapiert, in allen Zeitungen gestanden? Also eine Dame der höheren Kreise, die sich aus dem schützenden Dunkel ihrer Anonymität nicht hervorwagen darf?

Immer stürmischer, klagender, trostloser klang es von den Lippen des Kranken: «Tilly». In einer größeren Zeitung erschien ein Feuilleton, betitelt «Tilly …», und dann ein paar Punkte, aber es erfolgte nichts, Tilly machte sich nicht bemerkbar.

Eines Tages, als der Wärter ihm mit einer Trinkröhre das zweite Frühstück – Milch – einzuflößen suchte, sprang er, ehe man ihn halten konnte, aus dem Bette auf, schlug die Glasröhre zur Seite, daß die Milch über das Kopfkissen floß, und lehnte am Fenster. «Tilly», flüsterte er und stierte hinaus. Unten auf der Straße hatte ein Pferd gewiehert.

Der Wärter meldete dem Professor den Vorfall. Und nun ward es allen klar: er sehnte sich nach einem Pferde namens Tilly. Das war nun bald im Stalle des Herrn v. W., des Brotherrn Harsleys, gefunden. Es war jene Atalanta, die der Jockey für sich Tilly getauft halle. Und er hatte sie nur für sich so getauft, keiner sonst durfte sie so nennen.

«Wir wollen ihm die Freude gönnen», sagte der Professor, «er hat sowieso höchstens noch eine Woche.»

Und an einem warmen Morgen fuhr man den kranken Jockey, in Decken gepackt, auf den Hof des Krankenhauses. Ein glasklarer, blauer Himmel wölbte sich über den Gebäuden und glitzerte hinter dem grünen Laub der Linden. Einige Rekonvaleszenten der dritten Abteilung gingen in ihren grauschmutzigen Anstaltskleidern stumm und beschaulich auf den strahlenden Kieswegen.

Plötzlich wurde das Tor am Portierhaus geöffnet und Atalanta von einem Diener hereingeführt. Sie tänzelte mit kleinen, koketten Schritten, schlug mit dem Schwanz und steckte den Kopf steif und gerade in die Sonne. Auf ihrem braunen, glatten Fell spiegelten blitzende Glanzlichter.

Der Jockey hatte die Lider geschlossen.

Als er Atalantas Gang hörte, riß er sie auf und hob freudig die Arme. Nun wieherte sie – ganz nahe bei ihm. Und stand still. Er konnte ihren Kopf greifen. Er zitterte und weinte. Der Wärter richtete ihn in den Kissen auf, da packte er mit beiden Händen ihren Kopf, zog ihn zu sich nieder und küßte ihr breites, heuduftendes

Maul, um das in kaum sichtbaren weißen Wölkchen ihr Atem schnob.

«Tilly», sagte er lächelnd und sank zurück, glückselig aufatmend.

Der Professor gab ein Zeichen: man solle das Tier wieder fortführen. Tilly sah ihn mit einem langen, glatten Blick an und wandte sich scharrend um. Ehe man zur Besinnung kam, schlug sie aus und traf den Jockey mitten auf die Stirn. Er war sofort tot.

«Ein ergreifender Tod», sagte der alte Professor.

«... von seiner Geliebten ins Jenseits befördert zu werden», sagte der junge Assistenzarzt und schrieb den Totenschein.

Der Kammerdiener

Im Gefolge des Grafen R., dem sein außerordentliches Vermögen die kostspieligsten Marotten und Vaganzen gestattete, befand sich ein junger Mann, der, anfangs von wenigen beachtet, im Lauf sonderbarer Geschehnisse, die sich erst von rückwärts gesehen als sonderbar herausstellten, für einen Tag wenigstens das Gespräch nicht nur der engeren Umgebung des Grafen, sondern der ganzen Welt bilden sollte. Der Graf hatte ihn auf Grund vorzüglicher Zeugnisse, die er vorwies, als Kammerdiener engagiert. Albert erwarb sich in den ersten Tagen durch seine feinen und stillen Manieren das weiteste Vertrauen des Grafen. Er las ihm seine Wünsche von Blick und Gebärde ab und verrichtete seine Dienste mit fanatischem Eifer, der den Grafen in nicht geringe Verwunderung versetzte, bis er sich allmählich daran gewöhnte, ja die Behutsamkeit und Unaufdringlichkeit seines Wesens nicht mehr entbehren und immer um sich haben mochte. Albert war etwa zweiundzwanzig Jahre alt. Er trug das schwarze, leise bläulich schimmernde Haar in der Mitte gescheitelt, seine hellen Augen wurden von sehr langen Wimpern beschützt, so daß ein scharfer, blitzender Blick zuweilen wie eine Lanze aus dem Dickicht hervorbrach. Die Nase war ein wenig gehöckert: das Gesicht erschien nicht verunstaltet, seine sonst weichen Züge energischer dadurch gezeichnet. Auf der Oberlippe lag ein schwach bläulicher Glanz. Das schönste an ihm waren seine schmalen, kleinen Hände. Der Graf enthielt sich manchmal nicht, sie zu streicheln. «Du bist ein Aristokrat, Albert», sagte er lächelnd. «Es ist, als wären sie von den Erinnerungen an ihre Väter so krank und blaß.»

«Von ihrer Hoffnung», erwiderte Albert. Der Graf sah ihn erstaunt an.

Der Graf vertraute Albert auch seine mannigfachen Liebesangelegenheiten. Er gab ihm alle Aufträge mündlich, brauchte nur wenige andeutende Worte zu machen, so begriff ihn Albert völlig. Er war so nicht nur längerer Auseinandersetzungen, sondern auch längeren Nachdenkens, das ihm Albert vordachte, enthoben. Die Mätressen des Grafen sahen den jungen, seiner selbst so bewußten Mann, der wenig redete und immer viel erreichte, nicht ungern.

Manch eine verliebte sich in seinen schlanken Gang, der in seiner Gemessenheit etwas Berechnendes, etwas Koketterie offenbarte, und gab ihm verstohlene Winke. Er sah es und lächelte still abweisend und melancholisch.

Eines Morgens, als Albert in das Schlafzimmer des Grafen trat, ihm beim Ankleiden behilflich zu sein, rief ihn der Graf zu sich heran. Er hatte auf der Bettdecke ein rotsamtnes Kästchen liegen, öffnete es durch einen Druck auf einen verborgenen Knopf und entnahm ihm einen goldenen, mit einem riesigen Türkis geschmückten Ring. Ohne etwas zu sagen, griff er nach Alberts Hand und steckte ihn an. Albert zitterte, seine Augen öffneten sich erschreckt, sein Atem keuchte. Dann fiel er vor dem Grafen nieder, Tränen stürzten ihm hervor, und er küßte seine Hände. Dann wieder sprang er plötzlich empor, sah auf den Grafen mit einem entsetzten Blick und stürmte zur Tür hinaus.

Dem Grafen wollte dieser Vorfall einige Tage nicht aus dem Kopf. Derartig überströmende Gefühlsergüsse war er bei seinen Dienern nie gewohnt gewesen, deren Dank für erwiesene Wohltaten sich stets nur äußerlich und kalt gezeigt hatte. War es bei Albert Dankbarkeit, Verwirrung über das kostbare Geschenk, die ihn so aus der Regelmäßigkeit seiner beherrschten und abgezirkelten Bewegungen und Gefühle warfen? Er dachte daran, Albert zu befragen. Er dachte, es wäre psychologisch doch sehr interessant ... aber er wagte es schließlich nicht, aus Furcht, ihm unbekannte Wunden seiner Seele ohne Willen aufzureißen. Denn dieser war der erste Diener, der ihm so etwas wie eine Seele zu haben schien. Nach einer Woche hatte er die, wie er endlich meinte, geringfügigen Schmerzen seines Dieners in neuen Abenteuern und Vergnügungen vergessen.

Albert trug den Ring mit einer heiligen Scheu, die ihn nicht aus der Hand gab und auch nicht nachts von den Fingern löste. Vom übrigen Dienstpersonal, von dem er sich, soweit es anging, bisher schon ferngehalten hatte, trennte er sich nun gänzlich, da man, eifersüchtig auf seine bevorzugte Stellung beim Grafen, in groben und gemeinen Worten hinterlistig auf unsittliche Beziehungen zwischen ihm und dem Grafen anspielte. Es tat ihm weh um des Grafen willen, den er so schnöde verdächtigt sah, und er errötete jedesmal heftig, wenn ihm aus dem Hinterhalt wie ein vergifteter Pfeil ein solches Wort zuflog, aber er schwieg dem Grafen gegenüber, um ihm Zorn und Schmerz zu ersparen.

Inzwischen knüpfte der Graf eine Liebschaft an, die ihn in auch bei ihm ungewöhnliche Verschwendung seines Geldes und seiner Kräfte trieb. Er, dessen Alter nun schon auf vierzig ging, steigerte seine Leidenschaft zu solcher Raserei, daß er seiner Sinne nicht mehr mächtig schien und, um ihre Gunst zu gewinnen, Hunderttausende zu opfern bereit war. Vergebens, daß ihm seine Freunde Vernunft zuredeten, vergebens, daß sein Schwager, zugleich sein bester Freund, Baron F. herzureiste und ihn zu besänftigen und ihn mit allen logischen Mitteln von der Torheit zurückzuhalten suchte. Er ließ kein Argument an sich herankommen, und wie ein unreifer, kindisch zum erstenmal verliebter Jüngling hatte er, der in allen Listen und Lüsten der Liebe Umhergetriebene, keine andere Waffe gegen sie als ein monotones: «Ich liebe sie, ich werde sie ewig lieben, und ich gehe ohne sie zugrunde.»

Albert vermittelte auch in diesem Falle die Korrespondenz und die fast täglichen Zusammenkünfte zwischen dem Grafen und seiner Dame. Er machte auch die größten Anstrengungen, das materielle Interesse seines Herrn zu wahren, was ihm nicht nach seiner Hoffnung gelang. Die Dame, Witwe eines mittleren Beamten und aus niederem Stande (ihr Vater hatte eine kleine Brauerei betrieben), war ebenso schön wie leichtsinnig. Sie sah sich durch die Freigebigkeit und willenlose Hingabe des Grafen plötzlich in den Stand gesetzt, alle, auch die unsinnigsten und überflüssigsten Wünsche zu befriedigen, und obgleich sie ihrem Gatten in ihrer sehr kurzen Ehe eine sparsame Hausfrau gewesen war, verlor sie jetzt jegliches Maß und Übersicht und ließ die Goldstücke zu Tausenden durch ihre kleinen Hände rollen. Ein scheinbar unerschöpfliches Vermögen kann so verrinnen wie ein Fluß in der Wüste.

Albert sah, wenn dem Treiben der Dame nicht Einhalt geboten wurde, den Ruin des Grafen voraus und sann, ihn zu retten. Sein Einfluß bei dem Grafen war in diesem Falle sehr gering. Logik verfing nicht. Er sagte: «Gehe ich zugrunde, so gehe ich mit ihr zugrunde.» So mußte er ein Mittel finden, auf die Dame irgendwie einzuwirken. Der Zufall brachte ihm hier erwünschte Hilfe.

Die Dame, der überspannten Liebkosungen des Grafen müde – ihre Liebe zu ihm war ja immer nur recht oberflächlich und durch sein Vermögen sehr mitbestimmt gewesen –, verlangte nach Zerstreuungen und Abenteuern, die alle Theater- und Varietélogen, die ihr der Graf zur Verfügung stellte, nicht gewähren konnten. Da sie täglich Gelegenheit hatte, Alberts sehr bescheidenes, aber unbeugsames Auftreten zu bewundern, das durch die verkniffene Selbstzucht, die er übte, noch gesteigert wurde, argwöhnte sie in ihm, was Bildung in den Dingen der Welt anbetraf, einen ihr Verwandten. Der Graf dünkte sie hin und wieder von einer beängstigenden Feinheit des Geschmacks in Sachen der Kunst, der Musik zum Beispiel, und so fühlte sie sich bald zu Albert im rechten Sinne des Wortes hingezogen. Er hielt ihres Schicksals Fäden in seiner Hand gespannt.

Sobald Albert diese Stimmung der Dame erkannte, war er darauf bedacht, sie zu erhalten und klug zu schüren. Er sah, wenn er mit ihr sprach, ihr gerade und forschend ins Gesicht, und sie sog eine dunkle Wollust aus seinen Blicken, daß sie oft in der Rede stockte und nicht weiter wußte. Er achtete darauf, zufällig ihre Hand zu berühren, was ihre Lippen zittern machte, und trieb sie also in eine Leidenschaft, nicht weniger glutvoll und schrankenlos als die, welche der Graf zu ihr fühlte.

Als Albert die Dame sich fügsam genug glaubte, trat er eines Nachmittags in ihr Boudoir, und ohne weitere Vorrede sagte er ihr mit einer Festigkeit, welche die Traurigkeit seiner Blicke milderte: er wolle ihrer Sehnsucht zu Willen sein, sofern sie sich ihm eidlich verpflichte, er sagte das Wort «eidlich» zweimal, während er auf seine Hände sah, die die Dame mit bangem Entzücken anstarrte, eidlich verpflichte, das Vermögen des Grafen fürder zu schonen und über eine bestimmte Summe monatlich nicht hinauszugehen, indem er ihr die notwendigen Folgen einer weiteren Verschwendung in schwarzen Bildern vor Augen führte. Die Dame, obgleich sie das Erniedrigende ihrer Lage dumpf ahnte, war dennoch von Begierde so geschwächt, daß sie ohne weiteres einwilligte, den ihr vorgesprochenen Schwur nachsprach und weinend, in einen Sessel sank. Albert trat auf sie zu, küßte sanft ihr Haar und versprach, in einer der nächsten Nächte ihr seine Liebe zu schenken. «Gib mir ein Pfand», sagte sie unter Tränen, da sie fühlte, daß er ihr vielleicht noch entgleiten könnte. Er ließ ihr den vom Grafen ihm geschenkten Ring zum Pfand und verabschiedete sich.

Der Graf erinnerte sich nicht, seinen Diener je so aufgeräumt und fröhlich gesehen zu haben wie diesen Abend beim Auskleiden. Albert erzählte ihm die lustigsten Schnurren von der Umgebung, von den Freunden des Grafen und porträtierte einige in ihren menschlichen Schwächen und Albernheiten so gut, daß der Graf aus dem Lachen nicht herauskam. Am Ende aber wurde Albert ernst, und als er ihm gute Nacht wünschte, war er von heftiger Unruhe befallen. Er zögerte, dann packte er wild die Hand des Grafen und bedeckte sie mit vielen Küssen. Der Graf, dem die Hitze und Inbrunst der Küsse unheimlich vorkam, zog seine Hand schnell zurück.

Am nächsten Morgen trat Albert, der den Grafen noch im Schlafzimmer vermutete, ohne anzuklopfen in sein Arbeitszimmer. Wie Loths Weib blieb er erstarrt am Türpfosten stehen. Er hatte den Grafen und die Dame in einer intimen Liebkosung überrascht. Die Dame, glutrot vor Scham, vor ihrem wirklichen Liebhaber sich so bloßgestellt zu haben, verbarg schluchzend den Kopf in den Kissen des Diwans. Der Graf aber fuhr empört auf, und indem er in seiner Verlegenheit und Wut, daß Albert noch immer in der Tür stand, keine Worte fand, wies er ihn mit hastiger, zorniger Handbewegung, in der der Ekel zitterte, hinaus.

Albert aber stand steif und erstarrt, die Augen gläsern und leer wie zwei tote Kugeln auf den Grafen gerichtet. Dann begann sein Leib zu beben und sich zu krampfen, seine Nasenflügel vibrierten, er riß mit beiden Händen an der Portiere, und mit einem entsetzlichen Schrei biß er sich in sie hinein, um mitsamt der Portiere, die sich von ihrer Stange löste, polternd zu Boden zu fallen.

Der Graf trug die ohnmächtig gewordene Dame in das Nebenzimmer und gab den inzwischen vom Lärm herbeigerufenen Leuten Anweisung, Albert in sein Zimmer zu bringen und sofort einen Arzt zu holen.

Albert lag wie tot auf der Matratze. Vor seinen Lippen schimmerte bläulichweiß ein Anflug von Schaum, die Farbe der Hände und des Gesichts war gelblich-grau.

Der Arzt kam. Bei der Untersuchung war nur der Graf noch zugegen. Als der Arzt Albert das Hemd aufriß, wandte er sich plötzlich mit einem verwunderten und fragenden Blick an den Grafen. «Es ist ein Mädchen», sagte er leise.

Da schlug Albert die Augen auf, und als er den Grafen sah, lächelte er ein wehmütiges Lächeln, das um Verzeihung bat: «Der Ring ...»

Es war ihr letztes Wort. Am Abend starb sie. Sie hatte den Anblick, den Geliebten leiblich in den Armen eines andern Weibes ruhen zu sehen, nicht überleben können. Für eine Woche bildete das Schicksal dieses Mädchens, von den Zeitungen phantastisch aufgeputzt, das Tagesgespräch der ganzen Welt. Der Graf aber wurde in seinem Tiefsten erschüttert und verfiel in eine Melancholie, aus der ihn kein Weib mehr zu retten vermochte. Er gab ihr den Ring mit ins Grab und mit dem Ring sein eigenes Leben.

Der kleine Lorbeer

Wenn der kleine bescheidene Lorbeer spazierenging, mit trippelnden, vorsichtigen Schritten, die den Boden um Vergebung baten, daß sie ihn berührten, blieb er alle zehn Sekunden stehen, einem Frauenzimmer nachzustarren. Sie mochte hübsch oder häßlich, groß oder klein sein, wenn sie nur einen breiten Busen hatte. Er schämte sich und wurde rot, wenn er hinsah, aber er mußte doch hinsehen. Und starrte noch, wenn das Fräulein längst im Omnibus oder um die Straßenecke verschwunden war. Abends, in seinem möblierten Zimmerchen, das im vierten Stock lag, öffnete er sein Fenster, ließ den blauen, zitternde Schauer weckenden Nachthimmel herein und blickte ängstlich und ehrfürchtig zu den Sternen, ob sie ihm Helfer sein könnten in seiner Not. Und er betete zum lieben Gott und zeihte sich schmutziger Sünden und Gedanken. Aber ihm wurde nicht besser; das Gebet brachte ihm die Lockungen seines Herzens schmerzlich nah ins Gedächtnis, daß er schauderte vor seiner Verderbnis und sich doch nicht von ihr lösen konnte. Er schlug sich und wimmerte und bebte in seiner Entheiligung des Gebetes. Weiße, starkbrüstige Frauen schritten durch seine Träume und rankten und krallten sich an seine sittliche Kraft, daß er sie nicht losreißen konnte. Sie zehrten an ihr. Und wie Lianen schlangen sich ihre flammenden Arme um seine Gedanken, wenn er ihnen entfliehen wollte. Nächtelang lag er wach, mit rotem Gesicht und klopfenden Pulsen, oder hockte und sah nach dem gelben Fenstervorhang, an den die Gaslaternen von der Straße herauf flackernde Bilder warfen, die wie sichtbar gewordene Seufzer über das gelbe Tuch wehten. Seine Bitten zu Gott wurden von Tag zu Tag unaufrichtiger. Er bereute die Wollust seiner Gedanken ja gar nicht, er plapperte es sich nur vor, weil er das Verschwommene, Unsichere liebte und die Wahrheit fürchtete. Er haßte seine Gedanken, o ja!, aber er haßte sie nur, weil sie so schwächlich waren und nie zur Tat wurden.

Wie beneidete er seine Kollegen im Kontor, wenn sie Weibergeschichten erzählten. Fast jeder hatte ein «Verhältnis», das er abends in den Konzertgarten oder zum Tanzsaal führte: Ladenmädchen, Telefonfräulein, Konfektionöse. Sie sprachen einen vollkommen ausgebildeten erotischen Jargon, der sich entsetzlich roh anhörte.

Ihre Mädchen nannten sie «Bolzen, Spritzen». Mit ihrem Mädchen ausgehen nannten sie «sich die Ziege vorbinden». Ein Mädchen verführen, hieß «umbiegen», und wer das nicht wenigstens einmal fertiggekriegt hatte, galt ihnen als «Schlappschwanz». Der arme Lorbeer war darum ihrer mitleidigen Verachtung anheimgefallen. Wie sehr er sich auch mühte, seine wahre Natur zu verbergen, sie fanden bald, wie es mit ihm stand, und höhnten ihn. Der Don Juan des Kontors, ein junger Mann mit Namen Ziegenbein, der künstlerisch gewundene Krawatten trug, deren Enden wie Fahnen über Weste und Rock flatterten, und den linken Fuß etwas nachzog, schlug dem kleinen Lorbeer vorn auf die Hühnerbrust und schnatterte: «Immer ran, mein lieber Lorbeer, immer ran an den Speck. Nur keine Bange nich. Es gibt immens viel Frauenzimmer – sehen Sie mich! Nich retten kann man sich vor ihnen. Immerhin», er spuckte sich in die Hände und bestieg wieder seinen Bock, «manchmal ist es zum Kotzen. Sehen Sie mich, lieber Lorbeer. Um gewissermaßen ein Gleichnis zu gebrauchen, einen Vergleich! Wie die Bienenkönigin bin ich, rings um mich rum sind Bienen, und ich stecke drin, ganz tief. Da rauskommen heißt schwer.» Und er begann langsam an einem kalligraphischen D zu malen, während das ganze Kontor zustimmend verehrungsvoll grinste, der kleine Lorbeer aber, weil er sich durchschaut sah, abwechselnd blaß und rot wurde. Heimlich äugte er von nun an, so oft es ging, zu Herrn Ziegenbein hinüber, neugierig, geradezu gefoltert von der Qual der Erwartung, einmal herauszubekommen, weshalb Herr Ziegenbein so nachhaltig auf Frauen wirkte. Hübsch war er nicht – wenn man von seiner Krawatte absah, die er jeden Tag zu wechseln pflegte. Sonntag trug er eine weiße Krawatte, Montag eine blaue, Mittwoch eine grüne, die Farbe der Hoffnung, da es nun wieder auf Sonntag ging, und so weiter. Die Farbe jedes Tages bedeutete ihm ein Symbol. Hübsch war Herr Ziegenbein nicht, seine Nase wuchs sogar über das braune Stutzbärtchen hinaus bis auf die Lippen, Herr Ziegenbein humpelt sogar – und trotzdem...? Durch seine Klugheit? Der kleine Lorbeer zuckte verächtlich mit den Schultern. Klugheit, Bildung, da war er ihnen allen voraus. Wer von ihnen las Gedichte oder versuchte sich manchmal gar selbst in der Poesie? Oder ging ins Theater? Wenn er einem Mädchen durch Bildung hätte imponieren können! So viel war ihm klar, daß Bildung bei Mädchen nicht verfängt. Ja, er dachte deshalb geringschätzig von den Mädchen, daß sie geistige Anmut nicht zu würdigen verstünden – aber er ersehnte ihre Leiber doch und brannte nach ihnen. Er guckte heimlich schnell in seinen Taschenspiegel: schön... so schön wie Herr Ziegenbein war er längst, wenn seine Augen auch in einem Blau schimmerten, das allzu verwässert schien. Woran lag es also, daß er den Mädchen nicht gefiel? Er erinnerte sich, daß er noch gar nicht einmal die Probe aufs Exempel gemacht, daß er die Verachtung der Mädchen immer nur aus der Ferne gefühlt und aus ihren Blicken gelesen hatte. Konnte er sich nicht täuschen? Ein Stein rollte von seinem Herzen! Er wollte es wagen, er wollte einmal ein Mädchen ansprechen! – Des kleinen Lorbeer Verehrung des weiblichen Geschlechts war immer auf das Ganze gegangen. Eine einzelne bestimmte hatte er nie geliebt, wer ihm den Weg kreuzte und sich passabel genug ausnahm, der hatte ihm als «Weib» gegolten, als Weib schlechthin in diesem Augenblicke, bis der nächste Augenblick vielleicht schon die Ablösung brachte.

Am Abend nach Geschäftsschluß schlenderte der kleine Lorbeer durch die Straßen und sah Ladnerinnen, Fabrikarbeiterinnen und jenen andern, die ihm immer als die schönsten erschienen waren, frechschüchtern ins Gesicht. Hin und wieder fing er auch einen Blick, wie die Kinder Heuhüpfer auf der Wiese fangen, hastig zugreifend, aus Angst, er könne ihm sonst entspringen. Er konnte sich aber nicht entscheiden, einem Mädchen nachzulaufen, es waren so viele, und wenn er ein paar Schritte hinter einer Blonden herlief, kam jetzt eine Braune, die ihm bei weitem mehr gefiel. Da trippelte eine kleine Schwarze, zwei Freundinnen kichernd am Arm. Sie war eine übermütige Kröte und drehte ihm große runde Blicke und bog sich schmachtend nach ihm um. Er verstand ihre Zuvorkommenheit aber falsch: den Atem hielt er an vor verliebter Erschrockenheit, seine wasserblauen Augen öffneten sich weit und sahen aus wie zierliche blaue Teller aus Delfter Porzellan. Dann atmete er tief auf und besann sich: er mußte ihr nach. Wo war sie aber? Ganz in der Ferne leuchtete ihre rote Bluse wie eine Mohnblume auf graugrüner Wiese. Er lief und lief, stieß Damen ungalant mit dem Ellenbogen zur Seite, trat einem vornehmen Herrn auf die Lackstiefel und hätte am liebsten geschrieen: «Haltet den Dieb, haltet den Dieb!» Denn, sagte er sich, sie hat mein Herz gestohlen, wie es in den Romanen immer heißt, meistens um die fünfzigste Seite herum, wenn die

Liebeserklärung nahe ist. Als er sie endlich eingeholt hatte, waren ihre Freundinnen nicht mehr bei ihr, sie ging, lachend und ihre veilchenfarbene Tasche schlenkernd, in Begleitung eines jungen Mannes, augenscheinlich eines Studenten, der mit eckigen und abrupten Arm- und Handbewegungen überzeugend auf sie einredete.

Der arme kleine Lorbeer blieb mitten auf dem Trottoir stehen und stand mit zusammengekniffenen Augen und gekrampften Lippen, unbeweglich, wie unter einer unangenehm kalten Dusche.

«‹Abendpost›, ‹Abendpost›!» schrie jemand dicht neben ihm. Und ein Schulknabe mit dickem, pfiffigem Gesicht pflanzte sich hart vor ihm auf und piepste: «Sie, Münneken, jehn Se man weiter, Sie stören den Verkehr.»

Ein paar Passanten lachten.

Der kleine Lorbeer ging weiter. Seine Niederlage schmerzte ihn. Er hatte keine Lust zu ferneren Abenteuern. Erbost betrat er eine Stehbierhalle, trank einige Gläser Bier und begab sich auf den Heimweg. Seine vorher so lebhafte Begierde hatte einem leeren, toten Gefühl Platz gemacht, in dem Zorn, Hoffnung, Resignation und Müdigkeit um den Vorrang stritten. Es wollte keines zum Siege gelangen, seine Gedanken wallten in ein sumpfiges Chaos, das ihn anekelte.

Diese Nacht schloß er das Fenster und sah nicht nach den Sternen.

Am nächsten Tag plagten ihn Kopfschmerzen. Er machte einen so blassen, grämlichen Eindruck, daß man im Kontor anzügliche Bemerkungen vom Stapel ließ und der Don Juan, Herr Ziegenbein, eine Behauptung aufstellte, die ihm das Blut vor Scham in den Kopf trieb – weil sie leider der Wahrheit ermangelte. Da wurde es ihm wieder klar, daß er es seiner Ehre schuldig sei, endlich ein Mädchen zu gewinnen. Und am Abend machte er sich wieder auf den Weg, diesmal von tollkühnem Wagemut besessen. Heute traute er nicht jedem verwegenen Mädchenblick, und so kam er überhaupt zu keinem Entschluß und lief schon eine Stunde durch die Straßen, als er am Gitter einer Villa der Vorstadt ein Mädchen sah, dessen stahlblauer Blick wie ein Blitz zischend in seine wasserblauen Augen fuhr. Strohgelbe Haare flochten sich wie ein Erntekranz um ihren Kopf, und unter dem Blau ihrer Augen schimmerte ein leichter rosa Glanz – wie oben in der schwarzblauen Nordsee in heißen, klaren Sommernächten ein rosa Ton liegt, den das Meer vom Tage, von der Sonne zurückbehielt.

Der kleine Lorbeer kreiste wie eine Fledermaus verlegen um sie herum, wurde rot, würgte an einer Anknüpfung; plötzlich trat er mit einem Ruck auf sie zu.

«Gestatten ... statten Sie, mein Fräulein, warten Sie ... auf ... auf jemand?»

Sie sagte langsam und langweilig, ohne ihn anzusehen: «Auf Sie nich.»

Der kleine Lorbeer stand fünf Minuten neben ihr, mit dem Gefühl einer unrühmlich verlorenen Schlacht. Er wollte sie irgendwie gut machen. Aber er fand keine Worte. Er ging in die Stehbierhalle und begab sich auf den Heimweg. Drei Tage dachte er überhaupt nicht an Weiber und arbeitete im Kontor mit einem Eifer, als ob er sich eine Gehaltsaufbesserung verdienen wolle.

Am vierten Tag stellten sich seine verliebten Gedanken wieder ein. Und er nahm sie nicht ungnädig auf, brachten sie ihm auch Unruhe genug. Er hielt sie vorerst in Schranken. Sie benahmen sich so gesittet, daß er sogar die Tochter des Portiers, ohne sie zu entkleiden, aus nur kindlichem Wohlgefallen betrachten konnte.

Am 23. Juli aber – er ist der wichtigste Tag im Leben des kleinen Lorbeer und verdient namhaft gemacht zu werden – drohte der kleine Lorbeer den ganzen Tag in Liebessehnsucht zu verschmelzen. Heimlich betete er im Kontor zum lieben Gott, er möge ihm doch seine einzige Bitte erfüllen.

Diesen Abend – es war ein warmer Sommerabend, an dem keine Bank unbesetzt ist von Liebespärchen und selbst die Schutzleute paarweise durch den Park patrouillieren – ging er nach Geschäftsschluß noch einmal nach Hause, band sich einen neuen, rotseidenen Schlips um und spritzte sich Parfüm «Königin der Nacht» auf den Rock. Seinen Spazierstock ließ er fröhlich zwischen seinen Fingern tänzeln. Heute wandte sich sein Blick vorzugsweise jenen Frauen zu, die so apart gekleidet sind und einen so exklusiven Eindruck machen, auch eine exklusive Stellung in der Gesellschaft einnehmen. Man lädt sie zwar gern durch die Hintertür zum Souper, treibt sie aber vom Vorderaufgang, «Nur für Herrschaften», mit Peitschen hinweg.

Der kleine Lorbeer wußte, daß es eine Liebe für Geld gebe. Er hatte oft genug geschwankt, ob er sie nicht einmal probieren solle. Aber so reizend ihn diese Frauen dünkten – die viel schöner als Ladnerinnen, Mamsells und Stubenmädchen aussahen –, er hatte ein Prinzip, und das sagte ihm, diese Liebe um Geld sei unmoralisch, ja gemein. Denn jeder könne die Frau besitzen, die er vielleicht grade begehrte, wenn er nur Geld habe. Heute, wie er sich wieder mit diesem Problem zu schaffen machte, zeigte es ihm überraschend neue Seiten. Wie, konnten diese Mädchen nicht auch – lieben? Würden sie nicht manchen, dem sie mit seltsamen Blicken winkten, vielleicht wirklich lieben – ohne Geld –, wenn sie ihn, sein gutes Herz, seinen Charakter näher kennenlernten? Wenn nun er...? Der kleine Lorbeer suchte in den Augen der schön geputzten Damen nach Verständnis ... nach Liebe; würde er sie nicht bei einer – bei einer wenigstens finden?

Da streifte ihn eine schlanke Schöne. Ihre Augen waren klein und braun, ihre gutgeformten Brüste hoben sich unter der weißen Bluse deutlich ab. Sie trug kein Korsett. Dem kleinen Lorbeer wurde schwindlig. Diese, diese ... war es. Er lief hinter ihr, dann neben ihr und zog seinen Hut. Sie lachte, als sie den Kleinen sah. Dann bogen sie in eine Nebenstraße ein, dann in ein Haus. Es ging vier Treppen hoch. Vier Treppen, wie bei mir, dachte der kleine Lorbeer. Sie schloß auf, ließ ihn herein und klinkte die Tür wieder zu. «Leg ab», sagte sie und machte die Nadeln vom Hut los, den sie sorgfältig auf einen Stuhl legte.

«Wie gefällt er dir?» sie zeigte auf den Hut.

Der kleine Lorbeer hatte bisher kein Wort gesagt, sie nur immer wieder verwundert, beklommen und sehr verliebt angesehen. Wenn sie ihn doch lieben möchte ... lieben ... ohne Geld. Denn das ist ja keine Liebe ... mit Geld.

«Sag», und sie rieb ihre Brüste an seinen Oberarm, «du gibst mir etwas?»

Er erschrak.

Er fiel vor ihr nieder, sein Kopf lag zwischen ihren Knien: er stöhnte, und die Worte kamen wie Bröckel und Klötze, die sich vom Felsen seines Leides lösten, unbeholfen, von verhaltenen Tränen durchströmt, aus seinem Munde: «Du, lieb mich, hab mich lieb... warum willst du Geld? Dann ist es keine Liebe... Dann ist es Sünde... Mich hat noch niemals eine Frau geliebt... warum wollen Sie Geld? Warum lieben Sie mich nicht?»

Das Mädchen sah auf ihn herab mit frommen Blicken, wie die Madonna auf einen Büßer, der ihr sein Herz beichtet.

Sie zupfte zärtlich an seinen Haaren: «Kind, du bezahlst mich doch nicht... ich hab dich wirklich lieb ... sieh ... du schenkst mir nur etwas – freiwillig... ganz freiwillig.»

Der kleine Lorbeer verstand langsam, dann jubelte er auf: das war Liebe! –

Im Kontor trug er nun ein selbstgefälliges Wesen zur Schau. Nebenbei ließ er durchblicken, daß er eine Geliebte habe, eine Geliebte.

Dreimal wöchentlich besuchte er seine «Geliebte», indem er ihr jedesmal ein kleines Geldgeschenk mitbrachte.

Übrigens stand sein Fenster des Nachts wieder auf. Der blaue Nachthimmel kam herein und brachte die Sterne mit, die, einst Zeugen seiner Not, nun Zeugen seines Glückes wurden.

Nach knapp einem halben Jahr lud der arme kleine Lorbeer zur Hochzeit.

Das Mädel

«Sie sind ja rührend unverschämt», sagte das Mädel – aber sie meinte es nicht ernst.

«Der Mond benimmt sich heute empörend auffällig», stellte er mit einem melancholischen Blick auf den fahlen Nachthimmel fest. Äcker und Sträucher lagen weißbestaubt von Licht.

Es war eine Lichtstimmung wie an schwülen Sommertagen kurz vor Sonnenaufgang.

Das Mädchen lachte: wie Mädchen in Liebeserregung lachen, girrend, schluchzend.

Drinnen im Haus rief eine Stimme: «Anna.»

«Ich muß hinein», sie bot ihm ihre Lippen zum Kusse, «schlafen Sie wohl, Herr Adjunkt.»

Schon war sie um die Ecke verschwunden.

Er wartete eine Minute, dann trat er vom Haupteingang, von der Dorfstraße her, ins Haus.

In der vorderen Gaststube schimpften, schnupften und soffen ein paar Fuhrknechte und Bauernsöhne ihren Kornfusel.

Er stieß mit dem Fuß die Tür zum Honoratiorenstübel auf. Es war leer. Er setzte sich an einen Tisch. Der Wirt kam und steckte eine Petroleumlampe an.

«Viel Ehre, der Herr Adjunkt, was darf ich geben?»

«Eine Halbe Rotwein.»

Er überlegte eine Weile, zögerte, griff schließlich nach dem Portemonnaie und legte ein Zwanzigmarkstück auf den grobgehobelten Holztisch.

Der Wirt brachte Wein, Glas und eine Serviette. Er deckte eine Ecke des Tisches.

«Herr Wirt!» Der hatte schon gehen wollen und wandte sich um. «Das gehört Ihnen.» Er zeigte auf das Goldstück.

«Soll ich wechseln?» sagte dienstbeflissen der Wirt.

Der andere wehrte ab. «Es gehört Ihnen ganz und gar.»

Er horchte nach der vorderen Gaststube. Da lärmten und tobten sie, daß die Scheibe der Zwischentür klirrte.

«Wenn Ihr mich heute in die Kammer des Mädchens laßt!» fügte er langsam hinzu. Dann trank er einen Schluck und sah den Wirt erwartungsvoll an. Die Augen des Wirtes liebkosten lüstern den gelben Glanz. «Es ist ja nicht meine Tochter», flüsterte er unschlüssig.

«Soll ich noch eine Lampe anstecken?» sagte der Adjunkt, «man kann vielleicht nicht richtig sehen?»

«Gut», stieß der Wirt die Worte hastig hervor, als könne er sie nicht schnell genug loswerden, «wenn das Mädchen nichts dagegen hat, was geht es mich an?»

Im Vorderzimmer rief man den Wirt. Er holte sich das Goldstück, wie man eine Fliege fängt, verbeugte sich und sagte: «Wünsche wohl zu ruhen, Herr Adjunkt.»

«Anna», sagte der Wirt am nächsten Morgen, «komm, gib mir die Hand.» Sie stand am Faß und spülte Gläser, wischte sich die Hand am Kleide ab und gab sie ihm. Als sie sie zurückzog, sah sie, daß ein Fünfmarkstück in der hohlen Fläche lag.

«Was soll das?» Verwundert blickte sie zum Wirt herüber.

Er grinste. «Der Herr Adjunkt hat sich mir erkenntlich gezeigt, da, die Hälfte ist für dich.»

Das Geldstück fiel klingend zu Boden. Zu gleicher Zeit flammte ihr Gesicht feuerrot und schneeweiß.

Am Abend fand man sie am Bettpfosten erhängt.

Marietta

Ein Liebesroman aus Schwabing

Ich habe kein Vaterland.

Ich habe kein Mutterland.

Jede fremde Sprache berührt mich heimatlich.

Ich bin eine polnische Prinzessin: hübsch, aber schlampig.

Ich schiele.

Das ist meine Weltanschauung.

Eigentlich müßte ich ein Monokel tragen.

Ich gewinne auf der Münchener Wohlfahrtslotterie eine kleine Kuhglocke.

Ich binde sie mir um den Hals und lasse sie läuten.

Jeder möchte mein Hirt sein.

Ich bin Marietta.

Aber ich bin noch nicht ganz Marietta.

Ich will Marietta werden.

Ich schwanke noch.

Bin funkelndes Feuer.

Und sehr viel Rauch.

Ich habe eine unordentlich zugeknöpfte orangine Bluse und verkünde nachts im «Simplicissimus» blaue Fabeln und graue Anekdoten von Klabund.

Manche nur sind leise rosa und schmecken wie Himbeerkompott.

Ich kriege für den Abend vier Mark und nicht mal warmes Abendbrot.

Ich suche nach Nebenverdienst.

Gestern kam ein sehr junger Mann mit glattem Gesicht in Begleitung Etzels in den «Simplicissimus».

Etzel sagte: «Der Herr möchte ein Manuskript tippen lassen!»

Ich kann Schreibmaschine schreiben, denn ich war eine Zeitlang auf dem Büro der Zeitschrift «Lese» (am Rindermarkt) beschäftigt.

Ich sagte: «Ich werde es gerne tun.»

Der junge Mann bestellte ein Glas Bowle für mich.

Ich setzte mich neben ihn auf die Bank.

Wir sprachen nicht viel.

Einmal legte er schüchtern seinen Arm um meine Hüfte.

Emmy Hennings sang das Lied von den «Beenekens». Sie kreischte wie eine dänische Möwe, die sich von den Wellen des Kattegats erhebt.

«Kommen Sie morgen früh um elf, und holen Sie sich das Manuskript», sagte der junge Mann und ging.

Er ging mit Schritten wie ein Gymnasiast und mit den Augen eines Seeräubers.

Er trug einen segelblonden Anzug.

Der roch nach Tang und wehte.

Der junge Mann wohnt Kaulbachstraße 56, parterre.

Die Tür stand offen, als ich kam, und er sagte: «Begleiten Sie mich ein Stück? Hier ist das Manuskript!» Auf dem Tisch lag eine Postanweisung von der «Jugend».

Ich nahm das Manuskript.

Es waren Verse.

Ich fragte ihn: «Haben Sie das gemacht?»

«O nein», lächelte er, «gewiß nicht!»

Aber ich glaubte, daß er es sei.

- Wir gingen durch die Kaulbachstraße.

- In der Sonne.

Er nahm den Hut ab und die Sonne ließ sich wie ein goldener Vogel auf ihn nieder.

«Ich habe einen schönen Akt», sagte ich.

Ich mußte doch etwas sagen. «Der Habermann hat mich gemalt.»

Er sah mir durch die Bluse und meinte: «Vielleicht!»

An der Ecke der Kaulbach- und Veterinärstraße hockte eine italienische Blumenverkäuferin.

Er kaufte ihr eine rote Nelke ab und schenkte sie mir.

Ich fühlte, daß er sie mir schenkte.

Er ist hochmütig.

Ich mag ihn nicht.

Er verabschiedete sich.

Um zu einer Schreibmaschine zu gelangen, stieg ich nachts durch ein Parterrefenster in den Verlag Heinrich F. S. Bachmair, bei dem ich früher einmal Fräulein gewesen war. Ich tippte die Gedichte auf offizielle Briefbögen des Verlages Heinrich F. S. Bachmair, weil sich kein anderes Papier fand.

Becher kam mit Dorka und überraschte mich.

Er wollte mich schlagen. «Was hast du denn hier zu suchen, du Aas?»

Aber Dorka beruhigte ihn.

Sie gingen zusammen ins Nebenzimmer und aufs Sofa.

Der junge Mann war nicht mehr in München.

Ich brachte das Manuskript einem Herrn, den er mir schriftlich bezeichnet hatte.

Ich empfing acht Mark.

Ich weinte.

Ich haßte den jungen Mann in der Ferne.

Der mir fremd war.

Der mir «über war».

Wie ein Aviatiker.

Ich mußte fort.

Ich erbrach München.

Major Hoffmann sagte im Café Stefanie zu mir: «Möchten Sie nicht als Modell zur Fürstin von Thurn und Taxis?»

Ich sagte: «Sehr gern» (... ich habe einen schönen Akt. Der Habermann hat mich gemalt...). Man schickte mir telegraphisch das Reisegeld, und ich fuhr.

Die Photographie der Fürstin von Thurn und Taxis hängt immer über meinem Bett. Sie ist eine fürstliche Frau. Ihre Geschenke sind fürstlich.

Aber die Hände, mit denen sie sie reicht, sind die einer entthronten Bürgerin.

Während sie mich modelliert, lese ich aus einem Buch vor: «Die japanische Nachtigall».

Oder ich erzähle ihr allerhand Geschichten.

Aller Hand streichelt dann über mich hin, und ich bin wie Welt.

Ich erzähle ihr, daß ich in Treppenhäusern geschlafen habe und auf einer Bank in den Anlagen der Pinakothek.

Gegen vier Uhr öffnete ich die Augen, und die Schildwache stand vor mir.

Sie lächelte mit geschultertem Gewehr: «Schon ausgeschlafen?»

Sie sagte, daß sie Bäcker sei und immer früh aufstehen müsse.

Sie stehe gern des Nachts Posten, wenn die Sterne wie goldene Kinder über den Himmel gingen, Hand in Hand.

Sie habe viel Spaß an dem Soldatensein.

Es gab schöne Rosen in den Anlagen: hell- und dunkelrote.

Die Schildwache sagte, ich solle mir welche abpflücken.

Sie passe auf, daß kein Schutzmann komme.

Es wird schon sehr kalt.

Ich habe keinen Mantel.

Ich schlafe mit dem Kaufmann Hirsch.

Er sieht aus wie ein verstaubtes Buch, das man nicht gern zur Hand nimmt.

Er ist anonym.

Er sprüht angeregt.

Er hat einen Bruder und einen Freund, die beide Maler sind.

Sie spotten: «Bei der Marietta kommst du nicht so leicht an! Das ist ein Mädchen aus der Boheme. Die geht nicht für Geld!»

Kaufmann Hirsch hat mir fünfzig Mark gegeben.

Er macht mir einen Heiratsantrag.

Er ist sehr besorgt um mich.

Er läßt mir vom Kellner einen Fußschemel bringen.

Ich stelle die Füße unter den Schemel, damit man meine zerrissenen Schuhe nicht sieht

Er ist sehr unglücklich.

Sein Bruder und sein Freund hätten einen idealen Beruf.

Er sei nur Kaufmann. Was könne er mir bieten?

Ich sei ein ideales Mädchen. (Ich glaube, er hat Murgers «Bohème» gelesen, ehe er mit mir schlafen ging.) Ich sagte, ich sei gar kein so ideales Mädchen, wie er dächte.

Denn ich würde nie mehr mit ihm schlafen.

Trotz der fünfzig Mark.

Ich lasse mich nicht auf den Boden schlagen.

Wir sitzen im Café Stefanie.

Der junge Mann ist auch da.

Er ist eben zurückgekommen.

Während ich in Paris war, war er in der Schweiz.

Ich bin durch das Rote Meer in Paris geschritten, trockenen Fußes, und die Wogen wölbten sich vor mir.

Er glaubt noch immer, über mich hinwegzusehen wie über einen Kiesel.

Aber ich bin nun ein Fels.

Er erschrickt.

Seine Stirn blutet vom Anprall ans Gestein.

Ich liebe ihn.

Sein Blut rinnt in meinen Schoß.

Ich erzähle ihm von Paris.

Wir trinken Samos im «Bunten Vogel».

Wir fahren im Auto zu neunen nachts ins Isartal.

Es regnet.

Wir überfahren einen Hasen.

Es war eine Häsin und hatte drei Junge im Leib.

Der Chauffeur wird ihn sich braten.

Seine Frau wird ihn mit Gurkensalat servieren.

Wir kommen auf den Gedanken, einen Verein zu gründen und uns alle grüne Schärpen zu kaufen.

Es ist fünf Uhr früh.

Der junge Tag schwingt seinen gelben Hut.

Zwischen Wolken hervor.

Wir wandeln durch die Leopoldstraße.

Die Pappeln stehen steif wie männliche Glieder, aber belaubt.

Ich erzähle ihm von Paris.

Er schweigt wie ein Parlograph, in den man alles spricht, der alles treu bewahrt.

Oh, daß er mich ganz bewahre!

Nicht meine Sprache nur: auch meine Locken.

Meine kleinen Brüste.

Meine schiefen, obszönen Augen, meine turmschlanken Füße.

Und meinen durstigen Mund.

Ich bin sein Kind.

Ich liege gekrümmt in seinem Bauch.

Die Hände vor meinen blinden Augen zu Fäusten geballt.

Wen wollen sie schlagen, wenn meine Blicke sehend werden?

Er wird mich gebären.

Am Morgen bestellt er Frühstück bei seiner Wirtin.

Eier, Kakao und Schinken.

Sein Zimmer ist sehr klein.

An den Wänden hängen Bilder, die er auf der Auer Dult gekauft hat.

Das Stück zu etwa 1,25 Mark.

Er sagt, sie seien von Veronese, Habermann (den kenne ich), Paolo Francese und Anton von Werner.

Ein Akt ist auch da, dem wirbeln die Brüste bis auf die Knie.

Der Geldbriefträger klopft.

Ich ziehe die Decke über den Kopf.

Der junge Mann gibt mir zehn Mark.

Er lächelte: er werde ein Feuilleton über mich schreiben. Im «Berliner Tageblatt».

Er gewähre mir zehn Mark Honorarbeteiligung. Vielleicht werde er noch einmal sehr viel an mir verdienen, wenn ich mit ihm im künftigen Frühling nach Monte Carlo ginge.

Als sein Kapital.

Er würde mir die Garderobe bezahlen.

Und meine Aktien würden steigen bis weit über 500...

Ich berichte dem jungen Mann (er hängt jetzt neben der Fürstin von Thurn und Taxis über meinem Bett: ein lachendes Gesicht in Hut und Mantel), daß ich ein Tagebuch führe.

Ich führe es, wie man ein Maultier führt im Gebirge: steinige Straßen, an brodelnden Schluchten vorbei und patinagrünen Almen.

Aber über der Ferne leuchtet die weiße Jungfrau mit dem Silberhorn, und Grindelwald ruht in besonntem Schweigen.

Er ist begeistert.

Er meint, ich solle ihm das Tagebuch doch einmal bringen.

Vielleicht könne man es seinem Verleger zeigen.

Vielleicht würde der es drucken.

Als ich ihn verließ, lag auf der Treppe ein zertretener Nelkenstrauß.

Hat er mich je geliebt?

Mein Kopf wird herumgeworfen.

Er ist kein Mensch.

Er ist ein Wald mit tausend Bäumen.

Hochwald.

Der streckt sich nach einer anderen Sonne.

Und seine Winde wehn von Uruguay.

«Marietta»-, sagte der junge Mann, «ich werde die Köpfe der Gehenkten über mich befragen ...»

Ich hatte Angst und lachte.

Denn die Gehenkten wissen jede dunkle Zukunft.

«Wenn sie die Wahrheit sagen, opfere ich dir einen Taler, Marietta.»

Er verschwand hinter dem Vorhang.

Auf einmal ertönte Geschrei.

Nicht ein Schrei: Millionen entsetzlicher Schreie. Es klang von außen, von der Straße und warf mich, ich stand am Fenster, betäubt ins Zimmer zurück.

Ich zog den Vorhang.

Der junge Mann hing am Ofenhaken.

Die Augen krochen ihm wie zwei schwarze Weinbergschnecken aus den Höhlungen.

Am Boden zu seinen Füßen lag ein funkelnagelneuer Taler.

Ich werde nie die Köpfe der Gehenkten über mich befragen. (Und jenes entsetzliche Geschrei beim Tode des jungen Mannes weiß ich natürlich zu deuten: es kam vom nahen Schlachthof. Es brüllte aus Tausenden von sterbenden Ochsen, Kälbern und Schweinen.) Bei meinem Tode werden nicht die Ochsen schreien...

Ich habe Sehnsucht nach dem elektrischen Rausch der Boulevards.

Nach Paris.

Nach den kleinen Dirnen, die am Abend wie Porzellan blinken.

Nach den dünnen Blumenmädchen, die gegen einen Frank Honorar im dämmerigen Hauseingang mit einem onanieren.

Mein Kopf ist wie gehenkt.

Der junge Mann hat mich gehenkt.

Mein Kopf hängt lotrecht wie ein Kronleuchter von der Decke.

Meine Augen brennen wie Wachskerzen.

Sie duften.

Wie Weihnachten.

Ich bin Maria.

Ich werde den Heiligen Geist unbefleckt empfangen.

Professor Runkel

Sowie es klingelte, riß Professor Runkel die Tür auf und stand mit einem Ruck in der Klasse.

«Asseyez-vous.»

Die Stuhlklappen polterten donnernd nieder. – Dann atemlose Stille. «Primus.» – Der schoß erschreckt in die Höhe. «Wie kann es noch heißen?» Professor Runkel rollte die Augen, daß man nur das Weiße sah. Der kleine Jude auf der letzten Bank begann zu kichern, leise, verstohlen. Zur größeren Vorsicht kroch er hinter den breiten Rücken seines dicken Vordermannes.

«Assoiyez-vous», stotterte der Primus und machte seinen berühmten devoten Augenaufschlag.

Arnold Bubenreuther, als er ihn ansah, schüttelte sich vor Ekel. – Runkel stülpte seinen schwarzen Schlapphut mit der riesigen Krempe auf den Kleiderhalter und zog seinen grünen Lodenmantel aus. Unter dem Lodenmantel kam noch ein schwarzer, halbwollener Sommerpaletot zum Vorschein.

Die Klasse hielt sich mucksstill.

Arnold Bubenreuther blickte zum Fenster hinaus. Er sah nichts als ein Stück heißblauen Sommerhimmels, in dem die verkrüppelte und verstäubte Krone eines Kastanienbaumes hing.

Runkel entledigte sich des zweiten Mantels und stürmte auf das Katheder. Den Kopf mit der buschigen Mähne nach hinten gestreckt, saß er da und zerrte an den beiden Enden seines braunen Vollbartes.

«Wer hat das Fenster aufgelassen?» schrie er plötzlich.

«Ich werde den Betreffenden gleich zum Fenster raushalten. Zum Teufel, Sie wissen, seit mich in dem verfluchten Kriege die verfluchte Kanonenkugel in den verfluchten Schenkel getroffen, kann ich keinen Zug vertragen. – Sie, schließen Sie das Fenster.»

Irgendeiner schob den Riegel zu. Die Klasse duckte sich murrend. Nun konnte man wieder eine geschlagene Stunde in dieser muffigen Luft hocken, nur weil es diesem Kerl da oben so gefiel.

Runkel schlug das Klassenbuch auf. Als ob er nicht genau sehe, brachte er die rechte Hand vors Auge und drehte mit der andern das Buch herum.

«Ordnungsschüler», brüllte er.

Der kleine, schüchterne Penschke ging mit unsicheren Schritten vors Katheder.

«Was haben Sie denn für eine Sauschrift? Da soll es doch gleich Bauernjungen oder Holzklöppel regnen! Das geht doch über die grasenden Mitternachtsnächte mit ultravioletten Schatten! Verflucht, wer kann das lesen? Ist das Siamesisch? Arabisch? So herum? Wie herum?»

Der kleine Penschke war dem Weinen nahe.

Bubenreuther scharrte mit den Stiefeln.

«Bubenreuther», Runkel schnellte wie der Teufel des Kinderspielzeugs aus der Kiste, die das Katheder darstellte, empor. «Sie denken wohl, ich sehe Sie nicht? Ich werde Sie an der Busenkrause nehmen und mit drei Stunden Arrest zum Tempel rausschmeißen. Darauf können Sie Gift, darauf können Sie Blausäure nehmen. – Penschke, setzen Sie sich, Bubenreuther, die Lektüre, lesen Sie, wir sind Seite ...?»

«Zweiundsechzig, Herr Professor», klang es unisono.

«Was, Fessor, Fessor? Das ist ja teuflisch! Nennen Sie mich meinetwegen Herr Gelehrter, meinetwegen Heinrich, aber nicht dies gottverdammte Professor. – Bubenreuther, Sie Schacher, lesen Sie.»

Bubenreuther las: «Nous avions perdu Gross-Goerschen; mais cette fois, entre Klein-Goerschen et Rahna, l'affaire allait encore devenir plus terrible...»

Runkel fauchte und biß auf die Unterlippe, daß sein Bart wie eine borstige Wand dastand: «Kein Franzose sagt avions, es heißt a-wüong, die zweite Silbe kurz: a-wüong. Lesen Sie weiter.»

Bubenreuther las und übersetzte leidlich. Runkel klopfte ihm auf die Schulter: «Da soll der Teufel dem Eosinschwein das Licht halten: der fürnehme Baron von Bubenreuther hat mal präpariert. – Fahren Sie fort, Schulz.»

Schulz konnte vor Angst kaum das Buch in den zittrigen Händen halten. Er trug eine Brille, war blaß, dumm und sehr fleißig. Runkel ärgerte ihn mit Vorliebe, gab ihm aber nachher bei der Zensur, weil er ihm nie Widerstand entgegensetzte, immer «genügend».

«Schulz», schrie er ihn an, «Sie sind wohl vom Affen frisiert. Ich habe mit Ihnen erst noch was zu besprechen – von gestern, ein Hühnchen mit Ihnen zu rupfen, um nicht zu sagen einen Hahn. Habe ich Ihnen nicht verboten, mich zu grüßen, wenn Sie mit Ihren Eltern auf der Straße gehen? Weshalb haben Sie mich gegrüßt? Damit die Leute mich anglotzen und sagen: ‹Da läuft wieder der tolle Runkel›, he, was?»

Die Klasse verbiß sich mit Mühe das Lachen. Aber lachen durfte niemand. Wer herausplatzte, flog unweigerlich in Arrest.

Draußen klopfte es leise.

Runkel fuhr herum: «Das ist doch, um mit der Jungfrau zur Decke zu fahren: wer stört den Unterricht? Es ist sowieso bald voll, und man kommt zu nichts. Primus, sehen Sie nach.»

Der Primus öffnete die Tür und ließ den Schuldiener ein, welcher Runkel ein Heft und einen Bleistift überreichte.

«Es ist von wegen Hitzeferien», sagte er und plinkte zu den Jungens herüber.

Mit einem Schlage spielte um alle verdrossenen, müden Gesichter ein seliges Lächeln.

«Gott sei Dank.» Bubenreuther atmete es leise vor sich hin.

«Mein lieber Bubenreuther», Runkel war heute gnädiger Laune, «mäßigen Sie sich. Hitzeferien? Es ist zum Wahnsinnigwerden, Hitzeferien bei dieser Kälte. Ich friere immer – immer. Sehen Sie meine beiden Paletots. Einen Pelz könnte ich vertragen.»

Der Schuldiener klingelte. Es war also heute die letzte Stunde.

«Präparieren vierundsechzig und fünfundsechzig. Unsern Ausgang segne Gott. Penschke wird die Aufgaben erst ins Klassenbuch schreiben. Amen …»

Runkel tobte durch die Straßen, den Schlapphut in die Stirn gedrückt.

«Wieder einmal erlöst von den verdammten Bengels – sie wissen es nicht, was für eine Mühe es mir macht, der zu sein, der ich bin… Du lieber Gott, du lieber Gott… wenn ich sie nicht piesacke, piesacken sie mich – wie kann ich sie sonst meiner Überlegenheit versichern, ich muß sie unter die Knute nehmen, sonst glauben sie's nicht. Und ich bin ihnen überlegen … wenn ich's diesem Bubenreuther nur geben könnte. Er hat ein impertinentes Gesicht.»

Bubenreuther ging mit zwei kleineren Schülern an ihm vorbei. Runkel schwenkte ironisch lächelnd zuerst seinen Hut: «Morgen, Morgen – sind das Ihre Brüder, lieber Freund?»

Bubenreuther beantwortete die Frage, während er sich ein wenig rückwärts wandte: «Nein, Herr Gelehrter.» Dann lüftete er seine Mütze.

«Pardon», schnarrte Runkel, «Pardon.»

Wenn ich ihn nur erwischen könnte, dachte Runkel.-

Nach knappen zehn Minuten hielt er vor einem Eckhaus. Er rückte den Hut zurecht und putzte sich den Kneifer. Es schien, als ob er die eine Straße heruntersehe, nach dem Fabrikschornstein oder der Kirchturmspitze, oder in die andere Straße hinein, die schon auf freies Feld führte: im Hintergrund verlief sich ein bläulich-blasser Hügelzug in dunstige Wolken. Es schien nur so. In Wahrheit schielte er nach dem zweiten Stockwerk des Eckhauses hinauf.

Würde sie wissen, daß er heute um elf Uhr frei wäre? Würde sie überhaupt da sein? Wenn sie den Thermometer nachgesehen hätte, hätte sie sehen müssen, daß es Hitzeferien geben würde.

In einem Fenster des zweiten Stockes verschob sich eine gelbe Tüllgardine. Wenig später – und aus dem Haustor trat ein schwarzseidnes, ältliches Fräulein, das einen Pompadour überm Arm trug und sich eben die Handschuhe zuknöpfte.

Runkel grüßte sehr galant, seine Bewegungen verloren auf einmal das Eckige, Groteske.

«Sehen Sie, Herr Professor», lächelte sie, «das hab ich mir gedacht. Da werden Sie und Ihre Jungen froh sein. – Es liegt aber auch ein Gewitter in der Luft», fügte sie hinzu und zeigte mit dem Sonnenschirm auf den trüben Horizont.

«Wohin geht es nun – in den Stadtpark oder übers Feld nach Gerbersau?»

«Nach Gerbersau, sobald es Ihnen genehm ist», sagte Runkel mit vollendeter Höflichkeit. Jeder Gedanke an Stadt und Gymnasium berührte ihn heute unangenehm. Er könnte allen möglichen Schülern begegnen ...

«Der Weg unter den Pappeln ist schattig, und der Wald nachher bei der Hitze kühl und wohlig», suchte er sie zu bestechen.

«Nanu, wo bleibt Ihr frostiges Gemüt, lieber Professor, frieren Sie ausnahmsweise nicht? – Aber gut, Gerbersau sei die Parole», pflichtete sie bei.

Sie setzten sich langsam in Bewegung.

Runkel war sehr einsilbig.

Ich hätte sie früher heiraten können. Verflucht, warum habe ich es nicht getan?

Das Fräulein plauderte viel und lustig: von der Verlobung Ella Munkers mit Leutnant Beckey und daß sie beide kein Geld hätten und er wahrscheinlich Polizeioffizier werden müßte, wenn sie sich überhaupt

einmal heiraten wollten ... von der Fleischteuerung, dem «Barbier von Sevilla» und den letzten Reichstagswahlen – sie trieb Politik mit Leidenschaft. Runkel hörte mit halbem Ohre zu. Er sah von ferne sich eine Gestalt nähern, die ihm bekannt vorkam.

Er wurde unruhig und wollte durchaus umkehren.

«Aber weshalb, lieber Professor», lachte das Fräulein, «wir werden doch nichts Halbes tun.»

Der Professor stand eine quälende Angst aus. Der Schweiß tropfte ihm von der Stirn. –

Arnold Bubenreuther grüßte höflich, als er dem Paare begegnete. Runkel vergaß ganz wiederzugrüßen – in seinem Erstaunen. Diesmal vergaß er es wirklich ohne Absicht.

«War das nicht der junge Bubenreuther?» fragte das Fräulein.

Runkel überhörte die leise Frage.

Wo hat dieser Bubenreuther nur sein ironisches Gesicht gelassen? dachte er erregt, er steckt es doch sonst alle Augenblicke auf? Und seltsam, ich weiß genau, er wird von dieser Begegnung der Klasse nichts erzählen. Warum? Hat er – Mitleid mit mir?

Runkel schnitt ein böses Gesicht, daß das Fräulein erschreckt stehenblieb.

«Was haben Sie denn, Professor?»

«Nichts, liebes Fräulein», Runkel lächelte grimmig, «ich glaube, die Schüler halten hier draußen in Gerbersau ihre verbotenen Kneipereien ab. Man müßte ihnen das Handwerk legen.»

Insgeheim dachte er: Der Bubenreuther, dieser – Hund hat Mitleid mit mir. Er erfrecht sich, Mitleid mit mir zu haben. Wenn ich ihn nur fassen könnte...

Der braune Teufel von Adrianopel

Eine bulgarische Kriegsgeschichte

Also, Kinder, da soll mir keiner etwas vormachen: ich habe bei Lüle Burgas mitgeschlachtet und sieben moslemischen Schweinehunden und Antialkoholikern –Wasileff, schmeiß mir mal deinen Schnapsbehälter herüber – die Gedärme aus dem Leibe geholt, bin dann leicht verwundet vor Adrianopel gelegen, bis man sich bemüßigt fand, in meinen Oberschenkel ein Auge zu schießen, blaugrau, mausgrau mit einem schönen roten Streifen und einem eitergelben Rand. Weswegen sie mich denn hier ins Lazarett schleppten, weil ich nicht mehr gehen konnte, ein Haufe warmes Fleisch, sonst nichts. Jetzt fühle ich mich ja wieder wohl, kuhwohl – wenn nur dein Schnaps besser wäre, Wasileff –, aber, beim Barte meines Urahnen: ich möchte nicht noch einmal durchmachen, was ich durchgemacht habe. Wenn die Luft draußen vor Adrianopel auch ein wenig frischer, eigentlich verflucht frischer wehte als dieser dielte, kranke Lazarettstank hier: ich atme ihn wie Rosenodeur ein und fasse meine Eindrücke zusammen in den patriotischen Ruf: ‹Hoch Groß-Bul-garien!› – aber laßt mich von jetzt ab damit zufrieden. Ich habe meine Schuldigkeit getan. Prost, Wasileff, auf daß Anita und das Vaterland wieder Kinder bekomme!

Aber ich wollte euch noch die Geschichte erzählen, wie mein Oberschenkel plötzlich ein Loch bekam, ein schönes rundliches Loch. Als ich es damals zuerst bemerkte, fiel ich nicht etwa gleich um und um. O nein, meine Brüder, so leicht fällt ein Georgeff nicht, es sei denn, er wäre besoffen. Aber ich war damals alles andere als besoffen. Nüchtern war ich, verflucht nüchtern.

Also, als ich das kleine schwarze Loch sah, dachte ich zuerst, es wäre Spaß, und klebte eine Briefmarke drüber-eine Briefmarke mit dem Bildnis unseres erlauchten Zaren. Ich hatte sie mir für einen Brief an meine Liebste aufgespart – Wasileff, grinse nicht –, nun ergab sich jedoch eine bessere Verwendung dafür. Am Abend wollte ich das Loch, das schöne, kleine, schwarze Loch gerade dem Sanitätssoldaten zeigen, als ich auch schon dalag, einfach dalag. Blutvergiftung, versteht ihr, Blutvergiftung, und es wäre beinah verteufelt abgegangen. Aber der heilige Sebastian hat nicht gewollt, daß ich, ein Georgeff, so schmählich abkratze, und hat mich noch gehalten und Fürsprach eingelegt beim lieben Tode. Und so leb ich denn noch – jenem kleinen braunen Schwein zum Trotz.

Wer aber, meine Brüder, meint ihr wohl, war jenes kleine braune Schwein? Und von wem hab ich wohl den Schuß in den Oberschenkel spendiert erhalten, meine Brüder? War es ein Türke, ein regulärer türkischer Soldat, welcher, von seinem Standpunkt im Recht, meinen geliebten Oberschenkel sich als Schießscheibe erwählt hatte? War es ein lungernder Strolch, welcher mich im Besitze von Reichtümern vermutete und sich als deren Erbe betrachtete? War es ein freundnachbarschaftlicher Serbe, meine Brüder – im Vertrauen, meine Brüder, ich traue diesen serbischen Mißgeburten alles zu und noch einiges außerdem. –Weit gefehlt, meine Brüder... ein Schwein war es, ein kleines braunes Schwein, ein Trüffelschwein sozusagen war es, welches mich in den Oberschenkel schoß. Mit meinem eigenen Gewehr. Jawohl. Und aus zehn Schritt Entfernung. Das nennt man Krieg. Und Kriegesruhm. Also, meine Brüder, um in der ordentlichen Beschreibung der Geschehnisse fortzufahren: es war ein Donnerstag, und ich stand abends auf Vorposten. Ihr mögt es glauben oder nicht, Donnerstag ist für mich immer so eine Art Unglückstag gewesen, und ich hatte schon eine Ahnung, wußte aber natürlich nichts Bestimmtes, insonderheit war mir das kleine braune Schwein noch nicht im entferntesten in den Sinn gekommen. Wunderbar sind die Wege des Schicksals, das man mit Recht den Gott der verzweifelten Menschen nennt.

Ich stand also auf Vorposten, patrouillierte vor der Erdhütte, in der unsere Korporalschaft kampierte, und es pfiff ein verflucht eisiger Wind, der nadelspitze Hagelkörner niederwehte, die sich bis zu einem veritablen Hagelsturm ausbildeten, der in der Dunkelheit – es war elf Uhr – auf mich niederprasselte, daß mir Hören und Sehen verging. Ich mache meine Ronde, entferne mich bis auf hundert, zweihundert Schritte von der Feldwacht – als ich plötzlich ein Wimmern durch den Sturm vernahm, das klägliche Wimmern einer... menschlichen Stimme? Oder war es die Stimme eines Tieres? Diese Ungewißheit machte mich verdammt nervös, und ich beschloß, der Sache auf den Grund zu gehen. Pürschte mich also vorsichtig auf das Geräusch zu. Unaufhörlich dieser bald wimmernde, nun schnaufende, jetzt kreischende Laut... Ganz nah bin ich ihm jetzt.

«Wer da?» brülle ich und spanne den Hahn.

Keine Antwort.

Immer nur das gleiche pfeifende Wimmern, wie wenn eine Lunge sich hinausstößt.

Jetzt bin ich dran und laß meine elektrische Taschenlampe spielen. Und was, meine Brüder, sah ich da? Angebunden mit Stricken an einen Baumstumpf? Eine Ziege? Einen Hammel? Nein, einen Menschen ... ein Weib. Jawohl, ein Weib. Schön wie der liebe Gott, mit den Haaren eines Erzengels, aber mit den Augen des Teufels. Den sah ich leider zuerst nicht, weil mich das andere, trotz meiner elektrischen Taschenlampe, blendete. – Ein Weib, in diesem Sauwetter auf offenem Feld, festgebunden an einen Baum. Nur zwei Stunden – und sie erfriert.

Ich, sehr höflich und galant, wie es die Georgeffs von je an sich haben, verbeuge mich und frage freundlich: «Wer bist du, meine holde Taube, mein süßes Schwein?» Ich erhalte keine Antwort, nur einen entsetzten Blick aus wundervollen Augen, so daß mich der letztgenannte Kosename fast reute. «Jungfrau», fahre ich fort, «wer sind Sie?» Und schneide sie mit dem Bajonett los.

Da wankte sie – konnte vor Kälte und Aufregung kaum stehen – an meine Brust, und nun sah ich, daß es eine Türkin war, eine leibhaftige Türkin, welche natürlich kein Wort unserer ehrenwerten bulgarischen Muttersprache verstand. Ich stützte sie also liebreich, sie erwärmte in meinen Armen merkwürdig schnell, wie ich verwundert konstatierte... und auf einmal kroch sie an mir herauf, aus ihrem kleinen Mund fuhr spitz ihre Zunge empor und küßte und leckte meinen Hals. Das war mir, der ich seit sechs Wochen kein Weib am Busen genährt hatte, nun keineswegs unangenehm. Und ich küßte sie, weil ich sehr groß bin, auf die Stirn. «Hoh», flüsterte sie auf einmal, «hoh» und zerrte mich am Mantel.

Sie zeigte ins Dunkel.

Sollte sie eine Verräterin sein? dachte ich und folgte vorsichtig. Nach zehn, zwölf Schritten standen wir – was glaubt ihr, meine

Brüder, wovor? – vor einem Wagen, einem Wagen mit Verdeck, der da im Drecke steckte. Sie sprang katzengeschwind in den Wagen und unters Verdeck und winkte mir. Ich wie ein Panther hinterher. Lehne mein Gewehr an die eine Seitenwand des Wagens und will sie gerade an mich ziehen – als ich noch einmal wie zufällig ihren Augen begegne. Diese Augen aber stießen mich fast körperlich zurück. Denn ein unauslöschlicher Haß flammte aus ihnen, der mich plötzlich auf den Schlag ernüchterte und mir das Blut in den Adern wie dicke Milch gerinnen ließ.

Kaum hatte das kleine braune Schwein das bemerkt – die Weiber, meine Brüder, haben verdammt feine Instinkte –, als sie nach meinem Gewehr griff und auf mich zielte. Grinsend, höhnend. Ihr glaubt nun, meine Brüder, sie habe nach meinem Herzen oder nach meinem Kopfe gezielt. Weit gefehlt. Ihr kennt das kleine braune Schwein nicht. Nein, sie zielte auf meinen Unterleib, ihr wißt schon, wohin, und es ist allein dem heiligen Sebastian oder der Mutter Maria zu danken, daß sie vorbei und den Oberschenkel traf. Was ich hier des langen und breiter, auseinandersetze, meine Brüder, das ereignete sich in drei Sekunden. Ich sprang sofort zur Seite und suchte ihr seitwärts beizukommen. Zu spät. Der Schuß saß. Und ich Esel hatte ihn wohl verdient. Das kleine braune Schwein aber war im Dunkeln verschwunden. Gottseidank kriegte ich mein Gewehr noch zu packen, sonst war ich bei meinem Leutnant übel angefahren.

Wer aber glaubt ihr, meine Brüder, daß das kleine braune Schwein war? Man hat sie später gefangen und standrechtlich erschossen. Wißt ihr, weshalb? Dieses Wimmern in der Nacht vor dem Vorposten war ein Trick von ihr, auf das auch jeder Hammel hereinfiel.

Und dann, meine Brüder? Dann übte sie an jedem ihre Kunst des Hasses und der Vernichtung. Womit, meine Brüder? Mit dem Dolch? Mit dem Gewehr, wie bei mir Esel? O nein! Mit ihrem Leibe!! Einfach mit ihrem Leibe!!! Sie hat nicht weniger als fünfhundert der Unsern mit ihrer verfluchten, dreckigen, unheilbaren Seuche angesteckt. Vorsätzlich. Aus Rache. Das nenne ich Patriotismus, meine Brüder. Sie hat exakter gearbeitet als eine Haubitzenbatterie.

Das kleine braune Schwein. Der braune Teufel von Adrianopel, wie wir sie dann nannten.

Prost, meine Brüder! Wasileff, dein Schnaps und meine Erzählung ist am Ende.

Weibertreu

Meine Damen, ich hoffe, Sie werden mir die kleine Geschichte nicht übelnehmen, die ich Ihnen hier erzähle: denn sie ist ziemlich leichtfertig. Aber ich möchte Ihnen zur Beruhigung mitteilen, daß Sie sich im fernen Indien zugetragen hat. In Europa gilt, wie allgemein bekannt, die Ehe als Sakrament, und noch nie hat in Europa eine Frau ihrem Gatten die Ehe gebrochen. – –

Es war einmal ein Herr namens Viradhara und eine Dame namens Kamadamini. Letztere war ein junges, zartes und fröhliches Geschöpf, während ihr Gatte Viradhara bereits jenes Alter erreicht hatte, von dem es im indischen Sprichwort heißt: «Ein alter Esel zieht nicht mehr». Kamadamini fand nun, daß es noch genug junge Esel gebe, die ihren kleinen Korbwagen gerne ziehen möchten, sofern sie sie nur einspanne. Solches tat Kamadamini und geriet in einen Ruf, der selbst bis zu ihrem alten Gatten drang. Der Gatte ward auf das heftigste bestürzt, als er solches vernahm, schwieg aber still und beschloß bei sich, sein Weibchen auf die Probe zu stellen. Er sprach eines Tages zu ihr: «Meine zärtliche Taube möge verzeihen, wenn ich sie einige Tage allein lasse, denn ich habe in Geschäften eine längere Reise anzutreten» – küßte sie auf die Stirn und verließ das Haus, um auf Umwegen wieder dahin zurückzukehren und durch das Fenster in das Zimmer einzusteigen und sich dort unter dem Bett zu verstecken. Kaum hatte Viradhara das Haus verlassen, als Kamadamini sich putzte und schmückte, kleine Kuchen buk in bester Butter und bestem Mehl und ihre Dienerin mit einer Einladung zu einem jungen Herrn sandte, der ihr schon öfter den kleinen Korbwagen gezogen hatte. Der junge Herr erschien auch mit vielen Freuden, sie aßen und tranken und begaben sich danach in das Zimmer und ins Bett.

Hierbei nun berührte Kamadamini mit einem Fuß zufällig den Leib ihres Gatten, der versteckt lag, um sie auf die Probe zu stellen. Klug, wie die Frauen in allen bösen Dingen nun einmal sind – Verzeihung meine Damen: in Indien … –, wußte sie sofort, wer da liege und um was es sich handle. Als nun ihr Liebhaber sie umarmen wollte, stieß sie ihn zurück und sprach: «Herr, Ihr dürft mich nicht berühren.» Der junge Herr erwiderte ärgerlich: «Ich bitte Euch, mir

Auskunft zu geben, schöne Frau, warum in aller Welt Ihr mich sonst habet rufen lassen?» Sie sprach: «Ich besuchte vor Sonnenaufgang den Tempel der Kandika. Da erscholl plötzlich eine Stimme: ‹Unglückliche, du wirst innerhalb dreier Monate Witwe sein. › – Ich erschrak bis ins tiefste Herz, denn ich liebe meinen Mann über alles in der Welt, selbst mehr als mein Leben oder meine Ehre. Und ich flehte: ‹Göttin, gibt es ein Mittel, meinen Gatten vor dem Verhängnis zu retten?› Sie erwiderte: ‹Ja. Ich will dir dieses Mittel nennen: du mußt einen fremden Mann umarmen – so wird der deinem Gatten bestimmte Tod auf diesen übergehen, er aber wird hundert Jahre alt werden.› – Wisset also, daß Ihr mich nun zwar umarmen dürft, daß aber der Tod von der Göttin Kandika Euch sicher ist...»

Da lächelte der junge Mann, denn er begann die junge Frau zu begreifen, indes der Ehemann sich in seinem Versteck hin und her wälzte wie ein Kater, den man krault. Und der junge Herr sprach: «Gern will ich den Tod auf mich nehmen, nachdem ich Euch habe umarmen dürfen», und also umarmten und liebten sie einander, während der Gatte, ob des Opfers, das seine Gattin aus Liebe zu ihm brachte, Tränen der Rührung vergoß.

Als sich nun der junge Mann zum Fortgehen anschickte, da kroch auch der Gatte unterm Bett hervor. Tränen noch in den Wimpern, umarmte ihn, der höchlich erschrocken tat, und sprach: «Mein Lebensretter! Mein treuester Freund bis zu deinem unvermeidlichen Tode!» Und er küßte seine Frau und sprach: «Du bist die treueste Frau, die je auf Erden wandelte. Sei gesegnet.»

Hiermit, meine Damen, ist meine Geschichte zu Ende, und ich bemerke, um jedem unliebsamen Mißverständnis vorzubeugen, daß so ungetreue Ehefrauen, so nichtsnutzige junge Burschen und so alberne alte Ehemänner natürlich nur in Indien vorzukommen pflegen.

Über tredition

Eigenes Buch veröffentlichen

tredition wurde 2006 in Hamburg gegründet und hat seither mehrere tausend Buchtitel veröffentlicht. Autoren veröffentlichen in wenigen leichten Schritten gedruckte Bücher, e-Books und audio-Books. tredition hat das Ziel, die beste und fairste Veröffentlichungsmöglichkeit für Autoren zu bieten.

tredition wurde mit der Erkenntnis gegründet, dass nur etwa jedes 200. bei Verlagen eingereichte Manuskript veröffentlicht wird. Dabei hat jedes Buch seinen Markt, also seine Leser. tredition sorgt dafür, dass für jedes Buch die Leserschaft auch erreicht wird.

Im einzigartigen Literatur-Netzwerk von tredition bieten zahlreiche Literatur-Partner (das sind Lektoren, Übersetzer, Hörbuchsprecher und Illustratoren) ihre Dienstleistung an, um Manuskripte zu verbessern oder die Vielfalt zu erhöhen. Autoren vereinbaren direkt mit den Literatur-Partnern die Konditionen ihrer Zusammenarbeit und partizipieren gemeinsam am Erfolg des Buches.

Das gesamte Verlagsprogramm von tredition ist bei allen stationären Buchhandlungen und Online-Buchhändlern wie z. B. Amazon erhältlich. e-Books stehen bei den führenden Online-Portalen (z. B. iBookstore von Apple oder Kindle von Amazon) zum Verkauf.

Einfach leicht ein Buch veröffentlichen: **www.tredition.de**

Eigene Buchreihe oder eigenen Verlag gründen

Seit 2009 bietet tredition sein Verlagskonzept auch als sogenanntes "White-Label" an. Das bedeutet, dass andere Unternehmen, Institutionen und Personen risikofrei und unkompliziert selbst zum Herausgeber von Büchern und Buchreihen unter eigener Marke werden können. tredition übernimmt dabei das komplette Herstellungs- und Distributionsrisiko.

Zahlreiche Zeitschriften-, Zeitungs- und Buchverlage, Universitäten, Forschungseinrichtungen u.v.m. nutzen diese Dienstleistung von tredition, um unter eigener Marke ohne Risiko Bücher zu verlegen.

Alle Informationen im Internet: **www.tredition.de/fuer-verlage**

tredition wurde mit mehreren Innovationspreisen ausgezeichnet, u. a. mit dem Webfuture Award und dem Innovationspreis der Buch Digitale.

tredition ist Mitglied im Börsenverein des Deutschen Buchhandels.

Dieses Werk elektronisch lesen

Dieses Werk ist Teil der Gutenberg-DE Edition DVD. Diese enthält das komplette Archiv des Projekt Gutenberg-DE. Die DVD ist im Internet erhältlich auf **http://gutenbergshop.abc.de**

FSC
www.fsc.org
MIX
Papier | Fördert
gute Waldnutzung
FSC® C083411

Zeitfracht Medien GmbH
Ferdinand-Jühlke-Straße 7
99095 Erfurt, Deutschland
produktsicherheit@kolibri360.de